KB051020

인간은 누구나 타고난 나르시스트다.
여행의 유혹은 자기로부터의 탈출,
자기로부터의 해방에 있다.

편지가 나비의 날개처럼 날아서
저 먼 마을, 저 먼 도시,
저 먼 이국의 나라로 흩어져 날아가는 모습을
상상해 보라.

저녁은
강을 건너오고
시간은
얼마 남지 않았다

일러두기

1. 『박이문 아포리즘』은 1권 『이 순간 이 시간 이 삶 – 아름다운 선택을 위하여』와 2권 『저녁은 강을 건너오고 시간은 얼마 남지 않았다 – 아름다운 인연을 위하여』로 구성되어 있다. 『박이 문 아포리즘 1, 2』는 박이문 선생의 모든 저서 가운데서 가려 뽑은 것이다. 저작권자의 허락을 받아 원문은 현재의 맞춤법으로 통일하였고, 좀더 쉽게 읽을 수 있도록 교정·교열하였다.

2. 『박이문 아포리즘』은 '진리를 향한 지적 여정'으로 평생을 바친 박이문 선생의 인문학적· 철학적 지혜를 오늘의 현 세대에게 보다 쉽고 보다 많이 읽히게 하자는 의도로 기획되어, 편 집 구성과 디자인의 방식도 원문과는 달리 새롭게 만들었다.

3. 아포리즘(aphorism)은 깊은 체험적 진리를 간결하고 압축된 형식으로 나타낸 짧은 글로 금 언이나 격언, 경구, 잠언을 뜻하는 말이다. 가장 유명한 아포리즘으로는 히포크라테스의 "예 술은 길고 인생은 짧다"(히포크라테스, 『아포리즘』)라는 말이 있다. 『박이문 아포리즘』은 나 무와 산과 숲과 동물과 별의 언어로 이성을 밝히고, 그 속에서 따뜻하고 아름다운 인간의 감 성을 빚어낸다. 때문에 『박이문 아포리즘』에는 각박하고 삭막한 현대를 살아가는 우리에게 가혹하고 고독한 시간을 견뎌내서 저마다 아름다운 삶의 꽃을 피워내게 하는 희망과 용기의 메시지가 담겨 있다.

『박이문 아포리즘』 편집위원회

우리시대
인문학의 거장
박이문
아포리즘

2

저녁은
강을 건너오고
시간은
얼마 남지 않았다

아름다운
안연을
위하여 ——

미다스북스

더
자유롭게,
더 조용히,
생각하며

나는 알고 싶었다. 모든 것을 알고 싶었다. 정서적 표현에 대한 충동에 앞서 지적 갈증에 몰리게 됐다. 만족할 수 있는 시원한 지적 오아시스를 찾아 나는 사막 같은 길을 나서기로 결단했다

내가 궁극적으로 찾는 것은 "이게 다 뭔가" "어떻게 살아야 참다운가"에 대한 대답이다.

내가 지금까지 배우고 생각한 끝에 알 수 있는 것이 있다면 그것은 극히 단편적이며, 극히 피상적인 것에 지나지 않음을 나는 잘 알고 있다. 나는 이런 것들이나마 더 배우고 생각해보고 더 알고 싶다. 나는 눈을 감는 날까지 더 배우고 더 알고자 노력할 것이다.

내가 새로운 것을 알았다고 믿게 되거나 이미 알고 있는 것을 더 투명하게 만들 수 있다면, 나는 그것을 철학적 저서를 통해서 혹은 문학작품을 통해서 혹은 잡문의 형식으로라도 표현하고 남들에게 전달하고 싶다.

만일 내 자신을 위한 지적 · 정신적 추구의 결과가 혹시 남의 사고에 다소나마 자극이 되고 사회에 티끌만큼이라도 공헌할 수 있다면, 그것은 기막히고 기적적인 요행의 한없는 기쁨이 될 것이다. 논두렁길에서 시작된 나의 길은 믿어지지 않을 만큼 길고도 짧았다.

어느덧 내 삶의 오후가 왔음을 의식한다. 약간은 아쉽고 초조해진다. 갈 길은 더욱 아득해 보이는데 근본적 문제들은 아직도 풀리지 않고 알쏭달쏭하기만 하다.

어렸을 때 초연했던 종달새, 우아했던 방울새, 정이 두터웠던 개가 생각난다. 엄격한 승원이나 깊은 절간의 고요 속에 이런 짐승들을 회상하면서 더 자유롭게, 더 조용히 또 생각하고 또 쓰고 싶다.

박이문

차례

Part 2
별은
밤하늘의
고독한 방

Part 4
저 푸르고
당당한
전나무처럼

part

1

아직 써지지 않은

시를 위하여

001

얼마 남지 않은 시간

얼마 남지 않았다
영원한 시간이
저녁은 강을 건너오고
넘어가야 할 산
얼마 남지 않은

삶의 시간이 사라진다

002

불이 꺼지지 않는 아파트

건너편 아파트로 어느 여인이 강아
지를 끌고 들어간 후로는 저녁이 짙
어갈 뿐, 누가 또 지나간다 해도 보이
지 않게 깜깜하다. 커튼을 올려도 보
이는 것은 달처럼 몽롱한 겨울의 가
로등뿐이다.

오직 들리는 것은 책상 위를 달리는 탁상시계의 급하고 또렷한 바늘소리뿐이다. 혼자 사는 방 안에는 책상 위 전기 스탠드만이 의식처럼 밝을 뿐이다.

도시는 사막처럼 잠들었고 오직 내 그림자만이 크게 짙고 고독은 마치 기도처럼 승화한다.

마지막 낙엽

푸른 하늘에 반짝인다
단 하나 남은 단풍 나뭇잎
저녁 햇빛
소리 없이 흔들리는 금빛

슬쩍 지나가는 바람
피로한 두 볼에 차다
꽃잎처럼 떨어지는
마지막 낙엽

발걸음마다 바삭대는
가랑잎들
그치지 않는 낙엽들의 이야기
또 한 번 겨울이 다가온다

여행은 움직임

여행은 하나의 움직임이다.
파스칼은 불행의 유일한 이유가
인간이 방안에 혼자 가만히 있지 못하는 데 있다고 말했다.

움직이지 않을 때 삶은 끝난다.

그냥 떠나라

여행은 떠남이라지만 거기에는 확정된 목적이 없어야 한다. 어떤 확정된 목적을 위해서 떠나는 것이 아니라 그냥 떠나는 것이 여행이다.

바캉스는 비운다는 의미다. 휴가로서의 여행은 일상적인 것, 따분하고 무서운 상습성으로부터의 이탈을 의미한다. 여행은 새로움, 신선함, 낯선 것에 대한 호기심의 만족을 의미한다.

배낭을 짊어지고 설악산에 오르고, 산골짜기에서 도시락을 풀어 요기를 하라. 비행기를 타고 가서 노트르담, 로마의 콜로세움, 아테네의 아크로폴리스 신전, 고층 빌딩이 숲을 이룬 뉴욕의 맨해튼을 구경하라. 이집트의 피라미드, 성우聖牛가 발견되는 인도의 도시 여기 저기, 남미 잉카문명의 유적지, 원주민을 볼 수 있는 아프리카로 떠나라.

인간은 누구나 나르시스트

인간은 누구나 타고난 나르시스트다. 여행의 유혹은 자신으로부터의 탈출, 자기로부터의 해방에 있다. 집에서, 가족 혹은 친지로부터 떠나라. 살던 마을, 살던 도시, 살던 나라로부터 벗어나 떠나라. 지금까지 살던 공간들은 삶을 보호해주고, 오늘의 나를 만들어준 밑거름이기도 하지만, 나를 구속하는 제약이기도 하다. 생명으로서의 나는 항상 변할 수밖에 없다.

과거의 나로부터 빠져나와라. 혼자 있어 보라.

007

자신만의 비밀을 위해 떠나라

버스나 기차를 타고서 떠나라. 비행기로 날아서 떠나라.
부푼 가슴을 안고 근본적인 해방을 꿈꾸며 떠나라.

처음 보는 고장, 이국으로 떠나라.
여행은 낭만적 향수를 일깨워주는 생동하는 모험이다.
적나라한 자기 자신과 접촉하고,
남들과는 혼돈될 수 없는
자신만의 깊은 영혼의 비밀을 간직하고 만들어라.

그리고 진정한 나를 만나라.

삶은 떠나고 돌아오는 끝없는 교통

기차는 인간적이다. 떠나거나 돌아오는 기차는 만남과 헤어짐을 의미하며, 만남과 헤어짐은 사람으로 살아가는 원리이기 때문이다. 그러기에 산과 들을 달리는 기차, 기다리고 떠나보내는 기차에서 따뜻하고 구수한 삶의 정을 느낀다.

삶은 떠남과 돌아옴, 만남과 헤어짐의 부단한 연속이다. 삶은 교통이다.

기차는 멋쟁이다. 기차는 낭만적이다. 기차는 명상적이다.

먼 길을 떠나는 기차에 몸을 싣고, 기차가 달리는 박자를 온몸으로 느껴보라. 땅에 박힌 철로 위를 흘러가는 기차에서 믿음직한 쾌감을 느껴보라. 심심찮게 단조로움을 깨우듯 가끔씩 울리는 우렁찬 기적소리가 기차여행에 신선한 감각을 보태준다. 깨끗한 흰 커버를 씌운 자리에 등을 기대앉아 등으로 올라오는 기차바퀴의 율동감에 관능적 즐거움을 감각해보라.

기차는 해방
기차여행은 관람

웃저고리를 벗어 열차의 창문 옆에
걸어놓자. 서둘 것은 아무것도 없다.
복잡하고 바쁜 도시에서 잠시 해방
되자. 기차에 오르기 전에 많은 일을
봤고 기차를 내리면 다시 할 일이 많
겠지만 지금 이 시간만은 마치 보너
스같이 생긴 조용한 시간이요 지금
이 자리만은 해방된 공간이 아니랴.
신문도 읽고, 심심찮게 주간지를 뒤
적여보라. 가끔 지나가는 판매원을
불러 오징어를 사서 뜯어 씹어보는
맛도 각별히 좋다. 목이 타면 사이다
도 한 병 사서 마시자.

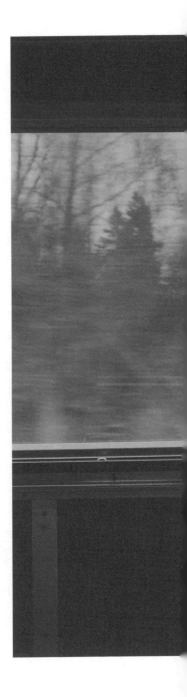

기차에 몸을 싣고 여행을 하면 갑자기 부자가 된 듯한 기분도 들지 않겠는가. 도중의 한 역에서 그 지방 고유의 호두과자를 맛보기도 하며 그것으로 채워지지 않는 배를 달래기 위해 사먹는 따뜻한 도시락밥이 유난히 맛있지 않는가.

이왕이면 아름답고 매력적인 여인이 옆자리에 앉기를 은근히 바라고, 가능하면 멋있는 낭만의 꽃을 피워보고 싶은 엉뚱한 생각을 가질 수도 있다. 이런 것이 대부분의 경우 실망으로 돌아가는 공상에 불과하게 됨은 누구나 다 경험하고 있는 터이다. 이렇게 꿈이 수포가 돼도 과히 괴롭지 않다. 예쁘지 않은 아주머니나 혹은 할아버지를 만나 시시하지만 지루하지 않은 이야기를 나누고, 심심하지 않은 시간을 보내는 즐거움도 있지 않은가.

차창 밖으로 눈을 돌리면 영화의 스크린같이 무한히 변화하는 풍경이 전개된다. 벼가 파랗게 자란 논의 평야는 보기만 해도 흐뭇하다. 여자들이 개천에서 빨래를 하는 모습이 어릴 적 자라던 고향을 상기시켜 따뜻한 정을 불러일으킨다. 가방을 등에 멘 꼬마들이 논길을 따라 돌아오는 모습을 보니 어려서의 내 그림자를 보는 듯하여 흐뭇한 감회에 젖는다. 밭에서 김을 매는 여인들의 모습, 소를 몰고 가는 지게 진 농부의 무거운 발걸음이 삶의 고달픔을 상기시킨다.

무너져 가는 돌담 안 초가집 뜰에 장독대가 아기자기하게 놓여 있고, 함석지붕으로 새로 단장한 집들이 올망졸망 모여 있는 시골 마을이 가난을 이겨 나가는 사람들의 노력과 의지를 말해준다.

소나무로 울창한 산들이 눈앞에 나타났는가 하면 어느새 야채가 심어져 있는 밭 한복판을 지나가고 있고, 그러다가 기차는 벌써 작은 동네를 옆에 낀 채 또 하나 한적한 시골 정거장에 잠시 머무른다. 산과 개울, 마을과 들이 사뭇 뒤로 달리고 신작로, 버스, 트럭, 걸어가는 행인들이 계속 뒤로 몰려가 어디론가 사라진다.

기차 밖은 아무리 보아도 지루하지 않은 수천 장의 풍경화이다. 차창은 그런 그림들이 들어 있는 헤아릴 수 없이 많은 액자와 같다. 기차여행은 미술관 관람이다.

편지는 설레임

서둘러 열어본 편지통에 우편물이 들어 있을 때 우선 흐뭇하다. 광고, 전화, 전기, 세금 등의 고지서 가운데에 알록달록한 그림엽서, 낯익은 글씨가 씌어진 편지봉투를 발견할 때 즐겁다. 그 편지가 사랑하는 사람들, 그리운 친구들의 것이었을 때 가슴이 뛴다.

그림엽서 속에 가득 씌어져 있는 잔글씨들에서 친구의 목소리를 들으며, 그 문체에서 친구의 피부를 느낀다. 무슨 아름다운 비밀, 귀중한 보물이라도 들어 있는 듯한 편지봉투를 열 때, 이미 가슴이 울렁거린다.

011

편지는 마음의 날개

받는 즐거움도 있지만, 편지를 써보내는 기쁨도 크다.

될수록 좋은 편지지를 골라 밤늦게까지 앉아, 보던 책을 옆에 치워 놓고 등불 밑에서 부모에게 혹은 친구에게, 또는 애인에게 펜을 들고 한 자 한 자, 한 구절 한 구절 생각하고 또 생각하면서 정성껏 편지를 써보라. 보이지 않는 그들이 마치 내 책상 옆에 와 있는 것 같고, 들리지 않는 그들의 목소리와 오순도순 이야기를 나누고 있는 듯하지 않은가.
정성껏 주소가 씌어진 엽서나 봉투 위에 떨어지지 않게 단단히 우표를 붙인 편지를 우체통에 넣어보라.

편지가 나비의 날개처럼 날아서 저 먼 마을, 저 먼 도시, 저 먼 이국의 나라로 흩어져 날아가는 모습을 상상해 보라.

012

산새

산새 한 마리 운다
허물어진 무덤의 임자는 누구일까
쓰러진 비석 위
한 마리 산새가 운다
가랑잎 날리는 가을 저녁

013

거기 가면

누군가가 거기 가면 기다릴 것인가
길이 있을까
들길 같은
오솔길이 있을까

거기 가도 혼자일까
거기에도 기다리는 이
아무도 없을까

014

나비의 꿈

나비는 나의 꿈
별들을 기다리는 하늘
문을 열면
어두운 바람이 불고
외국어같이 수선한 함박눈
들어도 알 수 없는 눈 소리

뻗은 길을 달리는 마음
달려도 뛰어도 떨어지지 않는
발길 쓰러지는 마음
낯선 유리창 안의 낯선
나의 그림자
그리고 또 낯선 나의 그림자

찾아올 사람도 없는 밤
아무도 없는 외국 공항 대합실
바람을 기다리는가
죽음을 기다리는가
뻗어도 또 뻗어도 깨어나지 않는
나는 나비의 꿈

지하철에서

모두 낯선 사람들
낯선 낯선 낯선 사람의 물결
초조한 지하철 계단에 밀려
나도 끼어 따라간다
무더운 땅 속을 뚫고 간다

니코틴에 노란 생각이
더듬거리는 사람은
사뭇 끝없이 뻗은 정크야드
논리는 술병처럼 깨지고
부상병 같은 지혜

욕망은 탁류와 같이 격동해도
우리들의 육체는 날아가는 먼지
우리들의 사랑은 지나가는 바람
우리들의 희망은 증발하는 안개
우리들의 슬픔은 흘러가는 구름

여길 왜 왔던가
어디로 가자는가
그치지 않는 의문의 지하철에 오르면
흔들리는 창문에 비치는 것
늘어난 나의 흰 머리카락

016

몽고의 풍장

몽고의 한없이 퍼진 들
한가운데
돌 더미 위에 놓인 시체

누군가가 혼자서 그 시체를 칼로
큼직하고 잘 드는 식칼로 쨌다
배를 그리고 가슴을 쨌다

바로 그 위
코발트 빛 높은 하늘에서 독수리들이 빙빙 돈다
눈 아래서 행해지는 풍장 의식을 구경한다

배에서는 창자가 삐져나오고
가슴에선 심장과 폐가 튕겨나온다
피가 흐른다
식칼에
피가 묻는다
피로 빨개진

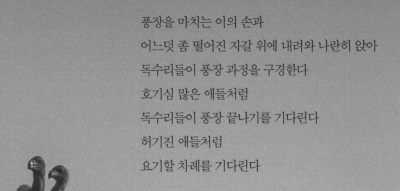

풍장을 마치는 이의 손과
어느덧 좀 떨어진 자갈 위에 내려와 나란히 앉아
독수리들이 풍장 과정을 구경한다
호기심 많은 애들처럼
독수리들이 풍장 끝나기를 기다린다
허기진 애들처럼
요기할 차례를 기다린다

독수리들은 어느덧 잔치를 벌여
죽은 이의 창자와 심장 그리고 눈알들은
어느덧 깨끗이 사라지고
풍장이 끝난 몽고의 고원 높은 하늘엔
다시 독수리들이 원을 그리며 자유로운 삶의 놀음을 즐긴다
풍장을 마친 아들은
파오에 돌아와 잠자는 애들 옆에서
아내와 사랑을 한다

그리고 몽골의 대초원은
가을바람이 다시 불어와서
말 없는 말을 하고
무의미한 의미가 자연을 덮는다.

비장하고도 장엄한
보이지 않는 자연의
우주의
그리고 존재의
신비로운 깊은 의미

017

아직 써지지 않은 시를
위해서

나는 평생 알려고 살았다
하늘과 땅, 세상과 나를
그러나
어느덧 내 머리카락은 흰데
알 수 있는 것은
아직도
어둠뿐이다

나는 평생 깊은 뜻을 발견코자 살아왔다
하늘과 땅의, 세상과 나의
그러나
어느덧 내 눈이 침침해 가는데
보이는 것은
아직도
공백뿐이다

내가 누구인가
세상은 무엇인가
존재의 의미가 존재하는가
시간이 얼마 남지 않았다
아직 건강하지만 나는
가까이 오고 있는 나의 죽음을 느낄 수 있다

나는 평생 쓰려고 살아왔다
말이 되는 시를
그러나
어느덧 내 기억이 흐려져 가는데
내 앞에
아직도
메워야 할 빈 원고지만 남아 있다

나는 평생 언어를 발명하려 했다
모든 것의 의미, 존재를 밝혀주는 시어를
그러나

어느덧 나의 시간이 다 되어 가는데
내가 만들어본 낱말들은
아직도 아무 뜻도 없는 침묵일 뿐이다
시간이 얼마 남지 않았다
그래서 나는 뜻이 없고 말이 되지 않지만

018

시가 태어날 때

현실에서 어둠만을 보았을 때
예술에서 그 대신의 빛을 찾으려 하게 된다.
현실에서 받은 상처를 문학에서 고쳐보려 하게 된다.

현실에 대한 분노와 고발이 시라는 방식을 요청하게 된다.

019

시인의 운명

시인은 결국 땅으로 추락하는 것을 알면서
이카로스처럼 태양을 향하여 하늘 높이 솟아
다시 언어의 날개를 펴고

열정적으로 날아간다.

시인은 자신이 재현하고자 하는 대상에 폭력을 가할 수밖에 없다.
그로 인해 왜곡된 존재를 치유하기 위해서 동원된 언어적 장치,

즉 언어의 결함을 언어로 치유하려는 시도가
시의 궁극적
기능이다

"시는 어떠한 실재의 인간보다도 더욱 순수하고
그의 사상에 있어서 더욱 강하고 깊으며,
그의 생에 있어서 더욱 밀도 있고,
그의 말言語에 있어서 더욱 우아하고 적절한 화술이다."

폴 발레리

폴 발레리 Paul Valery 1871~1945

프랑스의 시인 · 비평가 · 사상가.

상징주의 시인으로 유명하며 20세기 최대 산문가의 하나로 꼽힌다. 몽펠리에 대학에서 법률을 공부했다고 알려져 있으나 미술과 문학에 더 깊은 관심을 보였다. 『매혹』, 『구시첩舊詩帖』 등의 시집과 대표작 『바리에테』를 비롯해 『영혼과 무용』, 『외팔리노스』, 『나무에 관한 대화』 등의 산문집을 남겼다.

021

시는 언어의 파괴다

시는 언어에 의한 언어의 파괴작업이다.

시가 존재에 충실하고자 하고, 언어가 존재를 은폐한다면, 시가 할 첫 번째 작업은 기존의 인식 양식을 거부하고 기존에 사용된 표상 언어를 파괴해야 할 것이다. 그 앞에 있는 언어가 제거되었을 때 존재는 은폐 이전의 상태 즉, 그 자체를 드러낼 수 있기 때문이다.

모든 시인이 존재에 대해 상식과는 다른 시각을 의도적으로 제시하고, 일상적 언어를 뒤틀려고 하는 경향을 보이는 이유가 바로 여기에 있으며, 한 편의 시가 가진 뜻이 상식적으로는 이해하기 어렵고 난해하게 느껴지는 까닭은 우연이 아니다.

시인은 상식적으로 상투적인 모든 것을 거부한다.

시인은 시의 성격상 필연적으로 약간은 '이상한' 아니 '미친' 인간이다. 약간은 이상하거나 미치지 않은 인간은 시인이 아니다. 그러나 시의 관점에서 볼 때 정말 이상하거나 미친 인간은 시인이 아니라 오히려 가장 상식적인 인간들이거나, 가장 똑똑한 과학자이거나 가장 투명한 철학자이다.

'이상한' 혹은 '미친' 관점에서 볼 때 그 신선하고 참된 모습이 비로소 드러날 수 있다.

022

시는 혁명이다

시를 쓴다는 것은 존재 자체를 은폐하며 언어를 파괴하고 언어 이전의
존재 자체와 보다 가까이 접하고자 하는 작업이며, 그것은 구체적으로
기존의 언어를 새로운 언어로 대치하는 작업이다. 한 편의 시는 바로 이
러한 작업의 결과이다.

시는 해방을 위한 자유의 외침이며 개혁을 위한 혁명적 행위이다. 인간
의 세계인식, 경험 그리고 의식은 언제나 언어적이다. 인간은 자신이 제
작한 언어의 그물망 속에 갇혀 그 속에서만 존재한다.

시가 언어를 파괴하고자 하는 이유는 우리가 갇혀 있는 언어의 감옥으
로부터 해방되어 존재 자체에 보다 진실하고자 하는 데 있다. 그러므로
언어파괴 작업으로서의 시는 곧 개혁을 위한 혁명적 행위이다.

이런 점에서 볼 때 정치적 자유, 사회적 혁명과는 무관한 듯이 보이는 어
려운 말로 무엇인가를 써 내는 시인들이야말로 누구보다도 근본적인 차
원에서 정치적이며 혁명적이다.

시가 의도하는 것은 존재의 세계에 대한 화석화된 우리들의 인식으로부
터의 해방이며, 그러한 해방을 통해 근원적인 자유를 되찾고자 하는 혁
명적 활동이다.

"시인이 되길 원하는 사람이 첫번째로 해야 할 일은 그 자신에 대해 아는 것이다. 완전한 그 자신을. 그는 그의 영혼을 찾아야 한다. 그는 그의 영혼을 면밀히 살펴야 한다. 그는 그의 영혼을 시험하고 음미해야 한다. 그는 그의 영혼으로부터 배워야 한다. 그리고 그가 그의 영혼을 배우자마자, 그는 그의 영혼을 갈아엎어서 경작해야 한다!"

랭보

아르튀르 랭보 Jean-Arthur Rimbaud 1854~1891

말라르메와 더불어 프랑스 상징주의의 대표적 시인.

조숙했고 반항아적인 기질이 강했으며 이미 16세에 훌륭한 시를 지었다. 그의 시적 태도는 『견자見者의 편지』에 드러나는데, 시인이란 무릇 무한한 시간과 공간을 꿰뚫어볼 수 있고 개인의 인격에 대한 개념을 형성하는 모든 제약과 통제를 무너뜨림으로써 영원한 신의 목소리를 내는 도구로서의 예언자, 즉 '견자'가 되어야 한다는 믿음에 바탕을 두고 있다.

작품으로 〈취한 배〉 외에 약 50편의 운문시와 산문시 〈지옥에서 보낸 한 철〉, 시집 『일뤼미나시옹』 등이 있다.

indexical

to swirl = 소용돌이 치다

시계와 함께 시간을 포획하는 것
그것은 포착할 수 없는 영원을 포착하는 것

___

right = nonsense on stilts (Bentham)

fiddman = 아직하는 려기증   on stilts

dearth of expertise

to be on a par

indent

slough = 껍질거가 생기다, 벗을 허물

to flout a convention = 이 비웃다

Chandala = lowest Sudra person

untouchable   lowest class

*   The American people need a
serious understanding of the lessons of the
Reagan era — because Nancy Reagan
Reagan is not ... this
biography indicts. It indicts a
society content to elect & then reelect
a puppet to the presidency, to
overlook his ... transactions, to
idealize his ideas, to ignore the
incontrovertible evidence of his
hypocrisy &, finally, to
reward his greed.

Kitty Kelly unjustifiably raises
                  the
question that she took even trying
                      never
answer: what ... the most ...

            from Boston Globe   April
                                   1991

part

2

별은 밤하늘의

고독한 방

024

내가 정말 바라는 것은 무엇인가

지금까지 내가 정말
바란 것은 무엇이었던가
아무리 뒤돌아 더듬어 보아도
나는 모른다
나는 그냥 살았다

내가 지금 정말 원하는 것은 무엇인가

아무리 생각해도 모르겠다

나는 아직도 그냥 모르고 산다

내가 앞으로 정말 해야 할 것은 무엇인가
아무리 찾아봐도
나는 대답이 보이지 않는다

백발인 지금도 나는
나 자신도 모르는 시만 그냥 쓰고 산다

한 무신론자의 기도

언제나 죽는 사람이 있고
언제나 상처받는 사람이 있다
하지만 밤은 너무 힘들어
나는 무릎을 꿇는다
내가 믿지 않는 신을 향해

언제나 대답 없는 질문이 있고
언제나 해답 없는 문제가 있다
하지만 밤은 너무 어두워
나는 눈을 감는다
거기 없는 신을 보기 위해

나는 지친 게 아니다
몇 가지 답을 가지고 있을 뿐
하지만 밤은 너무 황량해
나는 두 손을 맞잡는다
저항할 수 없는 무 앞에서
나는 무신론자

그저 할 일을 할 뿐이다
하지만 밤은 너무 공허해
나는 두 팔을 뻗는다
나타나지 않을 고도를 기다리며

026

길을 잃을 때

숲속이나 낯선 도시 한복판에서 길을 잃게 되는 경우가 있다. 길을 잃는 다는 것은 방향감각을 상실함이다. 그럴 때면 당황하고 갈피를 못잡게 된다. 존재가 밑바닥에서부터 흔들리고 위협을 받는다. 나의 자리가 확실치 않은 것이다. 나의 자리에 대한 현실감각을 잃은 것이다.

삶의 숲속 삶의 도시 한복판에서 길을 잃을 때가 있다. 직장에서 가정에서 정상적으로 일상생활을 해나간다. 그러던 어느날 갑자기, 영원하다고만 믿었던 질서가 무너지고 나의 자리가 뒤집힐 때가 있다.

산다는 것은 무엇이고, 무엇이 꿈이고, 무엇이 현실인지?

027

그럴 때

청청한 소나무처럼 단단한 땅에
나의 삶이 깊이 뿌리를 박고 서 있게 되기를

천 년이 가도 만 년이 지나도 늠름한 저 고딕성전처럼
나의 자리가 단단한 바위 위에 삶의 전당이 지어 지기를

동요 없이 곁눈질 않고 꼿꼿이.

가을은 철학자

가을은 철학자이며 하나의 철학적 사색이다. 들과 산과 냇가에서 이제 매미나 새 우는 소리도 잘 들리지 않는다. 잎이 모두 떨어진 낙엽수들이 앙상해지고 추수가 끝난 논과 밭과 과수원들이 조용하고 쓸쓸하다.

봄의 탄생과 여름의 젊음도 어느덧 지나가고 신비로운 영원의 원리에 따라 한 해가 조용히 늙어간다. 수확과 휴식, 풍요와 침묵, 생명과 죽음의 교차로에서 가을은 풍요하고 행복한 사색으로 무르익고 여문다.

029

가을 바다로 가라

수평선으로 넘어가는 석양을 바라보라.
흰 물결이 부서지는 모래사장을 걸어보라.

깊고 맑은 사색에 잠겨보라.
해변가를 걸어보라.

030

수평선이 부른다

아득하고 한결같이 끝없는 수평선이 부른다. 흰 깃발을 흔들듯 수
없는 파도가 손짓으로 부른다. 어서 오라고. 모래밭에 흩어진 조개
껍데기를 집어 밀려오는 물결을 향해 던지는 것은 바다의 부름에
응하는 마음이다.

맑고 깊은 물로 몸과 마음을 씻어보라. 그 물속에 들어가 나를 씻
어보라. 그 물속에서 다시금 크나큰 자연과 더불어 하나가 되보라.

"매일 매일이 새로운 날인데 말이야

운수가 좋다는 건 좋은 일이야.

그렇지만 그냥 앉아서 행운을 기다리는 것보다

낚시줄은 제대로 드리워 놓는 게

내가 우선 할 일이지.

어느 순간 갑자기 행운이 다가올 때를 대비해서

만반의 준비를 해두어야

그걸 놓치지 않을 테니까.

인간은 패배하도록 만들어진 것은 아니야.

인간은 파괴될지언정 패배할 수는 없어."

헤밍웨이, 「노인과 바다」

어니스트 헤밍웨이 Ernest Hemingway 1899~1961

소설가.
미국 중서부 일리노이 주 시카고 교외에 있는 오크파크라는 마을에서 6남매 중
둘째이자 장남으로 태어나 고등학교를 졸업한 후 노동판을 전전하며 살았다. 제
1차 세계대전 이후 E.L. 파운드의 영향을 받아 단편을 발표하기 시작했는데 후
에 『무기여 잘 있거라』를 발표하며 작가의 반열에 오른다. 1952년 9월에 『노인
과 바다』가 발표되었는데, 이 작품으로 1953년 퓰리처상에 이어 1954년 노벨
문학상을 수상했다.

032

바다는 예술작품이다

바다는 하나의 예술작품이다.
바다 한복판에서 소금내 나는 바닷바람을 맞으며
바라보는 별들이 뿌려진 밤하늘의 장엄한 아름다움을 보라.

그 하늘 밑, 그 바다 위.
밤 바다 위에서는 모두가 시인이다.

033

저녁바다

바다는 모든 것을 씻는다.
바다는 춤춘다.
바다는 부른다.
바다 저쪽으로 몇 척의
배가 사라진다
저녁 붉은 해가 가라앉는다
바다는 살아 있다
모래밭에서 바다는
깊은 사색에 잠긴다

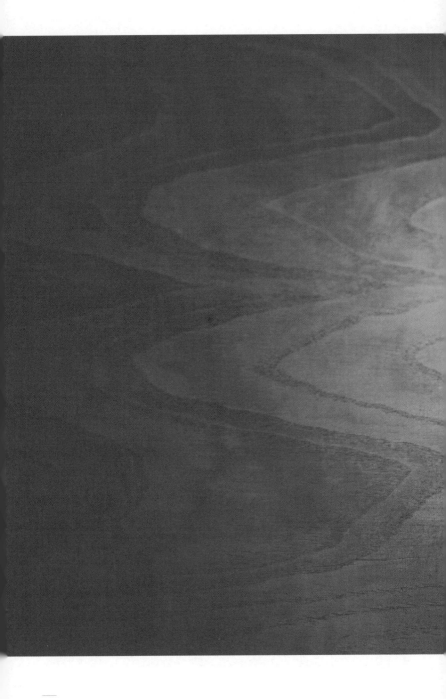

034

고요한 밤에
사랑을 속삭여라

깊은 밤 둘이서 사랑을 속삭여보라.
밤에 연인을 보호하는 사랑을 해보
라. 칠흑같이 어둡고 고요한 밤에.

늦게까지 불을 켜놓고 책상 앞에서
사랑하는 이로부터 받은 편지를 다
시 읽어보라.

마음이 어수선하다면 깊은 밤 책상
에 혼자 앉아 고향을 떠난 귀여운 아
들에게, 멀리 계신 고향의 어머니에
게 편지를 써보라.

035

밤은 평화의 마법사

밤은 휴식이다. 몸과 마음의 피로를 풀고 자리에 누워보라. 밤은 평화이고 행복이다. 햇빛이 밝은 낮과 함께 칠흑같은 밤은 하루의 고마운 동반자다.

밤은 아름답다. 헤아릴 수 없이 반짝이는 밤하늘의 별들, 은하수. 별들이 만드는 질서의 아름다운 황홀감을 느껴보라.

밤은 해방이다. 밝은 햇빛 아래 '산', '나무', '집', '강아지', '책상', '잉크' 라는 개념 속에 답답하게 갇혀 있던 사물현상들이 마법에서 풀려나듯 이것도 저것도 아닌 것으로 하나둘 자유를 찾는다. 개념의 철창에서 석 방된다.

036

창조는 밤에 이루어진다

깊은 밤엔 생각이 저절로 깊어진다. 흰 수염을 늘어뜨리고 심오한 표정
을 한 톨스토이가 꺼져가는 촛불 앞에서 위대한 소설을 집필하는 사진
은 인상적이다. 속된 것들이 성스러운 것으로 승화되는 시간은 조용한
밤이다. 밤은 여성적이다.

위대한 문학작품은 깊은 밤에 씌어지고, 위대한 철학사상도 밤을 밝혀 만들어지며, 위대한 신앙인도 밤을 지새며 강해진다. 자정이 넘어도 외로이 불이 켜져 있는 저 방, 그곳에는 생각과 저술에 잠겨 있는 창조자가 있으리라, 그들의 풍요한 작업이 이루어지고 있으리라.

"지구가 태양에 예속된 작은 위성에 불과하기 때
문에 천문학적으로는 우주의 중심이 될 수 없음이
사실이지만 의식을 갖고 생각하는 인간이 살고 있
는 이 작은 지구는 역시 형이상학적으로는 우주의
중심이다."

헤겔

게오르크 헤겔 Georg Wilhelm Friedrich Hegel 1770~1831

칸트 철학을 계승한 독일 관념론의 대성자.
모든 사물의 전개를 정正 · 반反 · 합合의 3단계로 나누는 변증법은 그의 논리학
과 철학의 핵심이다. 그는 철학을 통해 자연, 역사, 정신의 운동과 변화, 발전의
과정으로 나타냈고, 그 발전 과정이 바로 변증법이다.

밤이 낮보다
밝다

밤이 낮보다 크다. 밤은 낮보다 밝다. 육안으로 아무것도 볼 수 없는 밤에는 영혼이 눈을 뜬다. 눈을 감아야 더 많은 것을 볼 수 있는 것처럼, 밤은 어두워서 더 밝다.

밤은 지혜롭고, 경건하고, 엄숙하고, 밝고, 깊고, 방대하다.

밤의 소식은 신비하다

갈매기들이
고운 해변가 모래밭에
남긴 발자국 무늬들이
밀려오는 파도에 지워지고
큰 소라껍질에
전달되는 바닷속 깊은 소식들은
읽을 수 없이 신비로운 말

수평선 저쪽으로 숨은 붉고 둥근

석양

붉게 물든 바다

어두워지는 작은 어항을 찾아

돌아오는 한 척의

어선

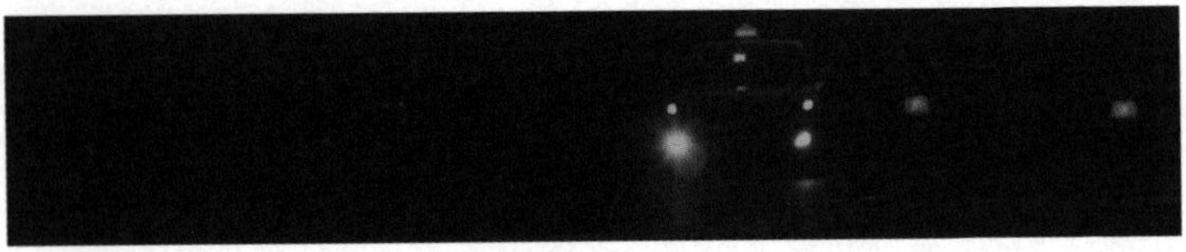

나의 마음은 수평선으로
아물거리며 사라지고
나의 생각은 고래처럼
한없이 깊고 먼 바다 속으로
헤엄친다
산맥같이 큰 파도를 타고
저녁해변이 출렁거린다

040

바다에는 시인이 산다

그는 바다를 바라보고 있었다
그는 움직이지 않고 갈매기를 바라보고 있었다
그는 파도를 바라보고 있었다
그는 바다 저쪽으로 숨는 빨간 해를 바라보고 있었다
그는 아무 생각도 하지 않고 있었다
그는 어딘가를 뚫어지게 바라보고 있었다

그의 생각은 파도와 같이 부서지고 모래처럼 흩어졌다
그의 마음은 푸른 무한한 공간에 빠져들어가고 있었다

그는 혼자였다

그는 아직도 혼자다
그는 여기서 딴 곳에 있다

041

잠들지 않는 밤

잠들지 않는 밤
무덤 깊은 곳에서 우는
벌레 소리를 듣는다

잠들지 않는 밤
유리창에 종알대는 별들의
숨은 그림자를 본다

042

별은 밤하늘의 고독한 방

이름은 알 수 없어도
아득한 곳으로부터의 신호인 듯
밤하늘에 뿌려진 별들의 의미는
어디서 찾을 것인가
그것들은 무슨 이야기일까

이름은 저마다 갖고 있지만
밤마다 고독한 방
마음의 하늘을 방황하는
헤아릴 수 없이 많은 도시의 영혼들은
잃은 고향을 생각한다

043

빛나는 별들은 흙뭉치

책 속의 수없는
낱말들
진리가 빛난다
어두운 밤하늘
반짝이는
수없이 흩어진 별들처럼
빛나는 별들은
한결같이
흙뭉치들이다

044

별들의 소문

아니라고 했다
그렇다고 했다
의심스럽다고 했다
모른다고 했다

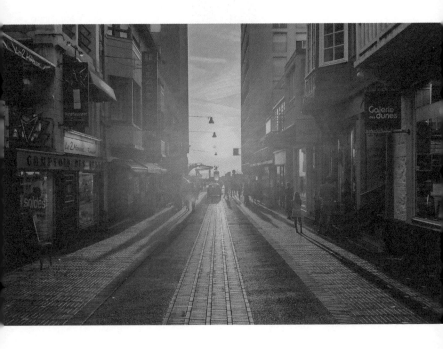

소문이 떠돌아다니고 있었다
짐승들과 이야기를 나누던
아득한 옛 동굴들로부터의
소문이 자자하게 들려왔었다

별들의 소문
별들을 타고 온 소문이 있었다
별들처럼 반짝이는 소문
별들의 대화처럼 알 수 없는 소문이었다

아직도 별 하나 반짝인다

개이지 않는 생각에
지친 공해
끝없는 밤을
헤매는 의식의 그림자들
그러나 언젠가
아직도 별 하나
반짝인다

아득히 먼
밤하늘 먼
저쪽

여기가 어딘가

여기가 어디지
지금 나는
길을 잃었다

아무도 대답하지 않는다
그들도 함께 길을 잃어서일까
인심이 사나운 그들인가

대답 없는 여기

시골 어릴 적 나 자신을 회상한다
다시 만나지 못할 아버지 어머니를 생각한다
초가집 떡국을 끓이던 굴뚝연기를 되새긴다

* The American people need a serious understanding of the lessons of the Reagan era — because [crossed out] Reagan is not the only one this biography indicts. It indicts a society content to elect & then reelect a puppet to the presidency, to overlook his self-centeredness, to idolize his idiocy, to ignore the incontrovertible evidence of his hypocrisy &, finally, to reward his greed.

Kitty Kelly unwittingly raises a question that her book even tries to never answer: what whore's the next one?

[illegible] from Boston Globe April 1991

누구나 시인이 된다

눈길을 걸으면

047

또 하나
누군가 세상을 떠난 날

바다 위에 저녁노을이 퍼진다
조금씩
또 조금씩
아무도 알 수 없는 사이
차츰 작아지는
어느덧
수평선 너머
아주 사라진 해

발굽을 올려 멀리 건너봐도
보이지 않는 수평선
저쪽
그곳은 어떤 곳일까
만종이 울리는 성당
마을의 해변가
또 하나 누군가 세상을
떠난 날

귀가

수없이 많은 이방어들은
한결 무의미로 돌아가고
우리들은 예외 없이
땅으로 돌아간다
물줄기를 따라
새싹이 트고
버러지들이 우물거리는
흙으로 돌아간다

생명존중의
몇 가지 양식

스시 바에서는 날렵한 식칼 밑에서 펄펄 뛰는 큰 도미가 대가리부터 꼬리까지 따로따로 도막내져 사시미를 좋아하는 신사숙녀들의 나무젓가락에 집혀 와사비가 풀린 간장에 찍혀 그들의 입으로 들어간다

아! 이것이 생명의 존엄성을 존중하는 방법이란 말인가

아웃백 스테이크하우스에서는 젊은 생태운동가들이 피가 절절 나는 스테이크를 잘 들지 않는 나이프로 자르느라고 애를 쓰며, 잘라진 고깃덩어리를 포크로 찍어 머스터드에 묻혀 입에 넣고 꿀떡 삼킨다

아! 생명을 존중하기 위해서 이렇게 하는 것인가

큰 식품백화점, 생선판매장에서는 싱싱한 생선들이 칼에 발기발기 잘리고, 고기판매장에는 소, 돼지가 눈을 뜨고 있는 대가리들이 달린 채로 고리에 꽂힌 채 천장에 걸려 있다
아! 이게 생명의 존엄성을 입증하는 예들이라 할 수 있는가

생명의 존엄성, 나는 알 수 없다
생명을 존중하려면 어떻게 해야 할지 나는 모르겠다
생명의 존엄성, 생명의 존중
어떻다는 말이냐, 무엇을 하라는 말이냐

도대체 어떻게 하자는 말이냐
실제로 어떻게 살라는 말이냐
좀더 생각해보자
말 좀 분명히 하자

050

이 세상은
거대한 병원

덴마크의 실존주의 철학자 키르케고르의 표현대로 모든 생명체의 삶이 태어나면서부터 죽음에 이르는 과정이라면, 인간도 예외는 아니다. 인간은 처음부터 병자이며, 죽음과 싸우는 환자이고, 이 세상은 거대한 병원에 불과하다.

삶을 뒤돌아볼 때

안타깝게도 사람은 항상 최후의 순간이 되어서야 자신의 삶을 뒤돌아보게 된다. 지나온 사람을 뒤돌아 반성해 보는 일은 앞으로의 보다 바람직한 삶을 살기 위해 중요한 것이다. 그러나 대부분 삶을 마무리하는 시점에서야 깨닫게 된다.

이성의 빛

우리가 의지할 수 있는 유일한 빛은 이성이고, 우리가 믿을 수 있는 유일한 가치의 잣대는 양심이 아니고 무엇이겠는가? 설사 모든 것은 아무 의미도 없다고 하자. 그렇다면 우리는 무엇을 해야 한단 말인가? 죽는다? 그렇다면 죽어서 무엇하겠는가?

이성의 가르침에 따라 곧게 살고, 양심의 명령에 따라 옳게 사는 것 말고 다른 의미가 어디 있겠는가? 궁극적 어둠을 다소나마 밝혀 주는 이성과 양심의 빛 말고 무슨 가치가 있겠는가?

"지식은 전달될 수 있지만 지혜는 그럴 수 없다. 우리는 그것을 스스로 발견하고 그것을 실천해나 가고 그것을 통해서 마음이 든든해지고, 그 힘으 로 기적을 이룰 수 있지만 그것을 남에게 전달하 고 가르쳐줄 순 없다."

헤르만 헤세, 「싯다르타」

헤르만 헤세 Hermann Hesse 1877~1962

독일의 시인, 소설가.

아버지는 목사이고, 어머니는 선교사의 딸인 경건한 집안에서 태어났다. 헤세도 신학교에 입학했으나 속박된 생활을 박차고 도망쳐 자살을 기도하기도 했다. 이 후 문학 공부를 하며 시집과 산문집을 펴내 R.M. 릴케에게 인정을 받았다. 그는 1904년 『페터 카멘친트』라는 장편소설을 펴내며 본격적으로 이름을 알리기 시 작한다. 칼 융의 영향으로 주로 '나'를 찾는 구도자적 목표를 가지게 되며 이를 작품에도 반영한다.

『수레바퀴 밑에서』, 『데미안』 등의 소설은 고뇌하는 청소년 및 청년의 자기 인식 과정을 담고 있다. 1943년 발표되어 노벨문학상을 받게 된 소설 『유리알 유희』 는 헤세의 봉사적이며 문화적인 삶을 추구하는 유토피아적 세계를 소설 속에 세 웠다는 평가를 받았다.

눈은 교향곡

눈은 조용하다. 사뭇 쏟아지는 함박눈은 한 송이 한 송이가 무한한 이야기를 도란거리는 거 같으면서도 모든 것을 더욱 고요하게 한다. 고요한 가락들로 이루어진 웅장한 교향곡이다. 어두운 밤중에 창밖으로 그칠 줄 모르고 내리는 함박눈을 바라보면 온 세상 온 우주가 무한히 깊은 고요 속에 파묻힌다.

고요 속에서 나를 다시 발견하라. 생각하라.
나의 삶, 나의 위치, 내 본연의 모습을 발견하라.

이 숲의 주인을 나는 알 것 같다
그러나 그의 집은 마을에 있어
자기 숲에 쌓이는 눈을
나 여기서 바라봄을 그는 모르리

나의 작은 말도 이상하게 생각하리
근처에 농가도 없는 곳에 멈추는 나를
한해의 가장 어두운 저녁
숲과의 얼어붙은 호수 사이에

그는 마구에 달린 방울을 흔든다
무슨 일이 있느냐는 듯이
그 외에 나는 것은
느슨한 바람 따라 눈송이 쓸리는 소리

숲은 아름답고 어둡고 깊다
허나 지켜야 할 약속이 있고
잠들기 전 몇 마일을 가야만 한다
잠들기 전 몇 마일을 가야만 한다

로버트 프로스트, 〈눈 내리는 어느날 저녁 숲가에 서서〉

056

눈길을 걸으면 누구나
시인이 된다

눈은 시다.
눈 덮인 집, 마을, 들, 산, 길을 바라보라.

눈을 맞으며 눈길을 걸어보라.
그 순간 시인이 되며 온 세계는
한편의 장엄한 시가 된다.
세계를 바꿔준 흰 색깔이
둔탁했던 감각을 깨어나게 한다.

흰 세상은 시의 구절이 적히기를 기다리는 원고지로 변하고,
산뜻한 명상적 느낌은 그 위에 써놓은 시 구절이 된다.

눈은 새로운 삶으로
우리를
초대한다.

낱말들의 눈송이가
내리고

이루어지지 않는 생각이
가루가 되어
낱말들의 눈송이 내리고
다듬어도 짜봐도
흩어지고 부서지는 마음
이루어지지 않는 사랑이
눈물이 되어
사랑의 비가 내리고
찾아도 잡아도
손안에 녹는 뜻

윤회

뜰을 덮은
눈 속에서
보라색 꽃이 솟더니
벌써 시들고
무성한 녹음에
덮인 뜰
벌써 나뭇잎이
하나둘 떨어지고
여름이 가면
가을 가을이 오는가
그리고 돌아오겠지
눈이 쌓이는
겨울이

다시 봄이 될 때까지

눈에 젖는 상처

상처에 눈송이가 앉네
피에 물든
첫눈처럼
뜨겁다가 탄
사랑의 피 묻은
상처

빨간 상처가
눈물에 쓰리고
눈이 녹아도 가시지 않고
사랑의 상처
삶의 상처

시간이 씻어주랴
이 상처의 아픈 눈물을
세월이 잊혀주랴
이 아픔의 기억을
깨어진 사랑의
눈물에 젖는 상처
살아가는

"플라톤이 한 말이라고 믿지만, 미는 진리의 광휘
라고 했다. 이 말은 진실한 것과 아름다운 것이 가
깝다는 사실을 의미하는 것이라 생각한다. 진실이
란 지적인 것의 가장 만족스러운 관계로 말미암아
충족되는 지성으로 관조되는 것이며, 아름다움이
란 감각적인 것의 가장 만족스러운 관계로 말미암
아 충족되는 상상력으로 관조되는 것이다."

제임스 조이스, 「젊은예술가의 초상」

제임스 조이스 James Augustine Aloysius Joyce 1882~1941

아일랜드의 소설가이자 시인. 20세기 문학에 커다란 변혁을 초래한 작가로 유명하다. 37년간 망명 생활을 하며 유럽 각지에서 작품을 발표했는데 거의 아일랜드인을 대상으로 한 작품이었다. 대표작에『젊은 예술가의 초상』, 『더블린의 사람들』, 『율리시스』 등이 있다.

『젊은 예술가의 초상』에서는 '의식의 흐름' 기법을 도입한 것으로 유명하고, 『율리시스』는 20세기 영어권 문학의 최고 작품 중 하나로 꼽힌다.

노자와 소크라테스

백발의 긴 수염이 달리고 어쩌면 호탕한 윤곽만 떠오르게 하는 노자는
전설적 인물에 가깝다. 반면 악처의 바가지를 견디면서 따지기를 좋아하
다 법정에서 스스로 독약을 마시고 죽은 소크라테스의 못난 얼굴은 차
디찬 대리석 속에 또렷하게 굳어 있다. 노자가 이름도 없는 마을들에 바
람처럼 왔다가 바람처럼 사라지곤 했다면, 소크라테스는 돌을 성냥갑같
이 쌓아놓은 아테네 길목에서 저녁 늦게까지 입심 센 당대의 소피스트
들과 말씨름을 하면서 평생을 보냈다. 노자가 알 수도 없지만 그럴듯하
고 그럴듯하지만 알 수도 없는 말을 던지고 시를 읊으면서 유랑했다면,
소크라테스는 얼음같이 찬 논리와 찰거머리같이 질긴 끈기를 갖고 소피
스트들과 말다툼하며 따지기를 직업으로 삼았다. 따지고 덤비는 노자가
어울리지 않는다면 자연과 풍월을 노래하며 도취하는 소크라테스는 상
상만 해도 코믹하다.

"큰 도는 널리 뻗쳐서
좌우상하로 아니 가는 곳이 없나니라."

노자

노자 老子

중국 고대의 사상가이며 도가道家의 시조이다.
그가 저술한 것으로 알려진 『노자』의 중심 사상은 인의仁義와 같은 도덕이나 지
혜에 의한 인위적 통치에 대하여, 도덕 · 지혜를 버리고 무위자연無爲自然에 의
하여 통치하는 정치사상과, 무위무욕無爲無欲으로 남에게 겸양하는 것에 의하여
살아가는 처세술이다.

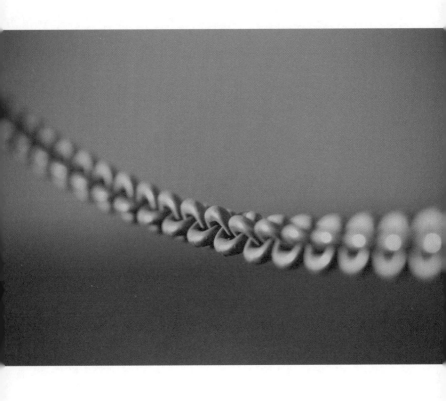

자연과 인간

자연과 인간, 즉 물질과 정신의 관계는 두 가지 이질적 존재의 결합이 아니라 그 어느 것이라고도 말할 수 없는 개념 이전의 존재의 두 가지 양태에 불과하다.

철학은 삶의 양식이자 빛이다

철학적 앎은 존재차원과 의미차원이 응결되는 시적 차원, 즉 어떤 사물이 의식을 통해서 의미로 결정되는 현상에 대한 반성적 사고이기 때문에 그러한 사고는 서술인 동시에 분석이요, 분석인 동시에 기술이다.

철학이라고 하는 반성적 사고를 통해서 대상에 대한 인식의 차원을 넘고, 동시에 그러한 대상을 조직하는 언어에 대한 앎을 넘어서 그 둘을 동시에 포함하여, 한 차원 높은 지점에서 그것들 간의 관계를 해명하기에 이른다.

철학적 앎의 성질을 이와 같이 이해할 때 철학만이 가장 근본적이고 총괄적인 관점에서 가장 명확하게, 우리가 무엇이며, 무엇을 바라고, 무엇을 하고 있으며, 무엇을 할 수 있는가를 밝혀준다는 사실을 깨닫게 된다. 그렇다면 무용한 말장난같이 보이던 철학이 가장 인간답게 살고자 하는 우리에게 얼마큼 유용한 것인가는 쉽게 납득이 갈 것이다. 그래서 철학은 삶의 양식이자 빛이 된다.

위대한 철학자들이란

사실 위대한 철학자들은 우리가 믿고 있는 상식과는 너무나도 다른 엉뚱한 말을 해왔다. 예를 들어 서양철학의 시조로 우러러 받들어지는 플라톤은 우리가 실제로 존재한다고 믿고 있는 모든 사물·현상은 실존하지 않고 일종의 그림자에 지나지 않는다고 주장했고, 니체는 사람이나 생물뿐만 아니라 나무·돌 등 모든 사물들도 권력의 욕망을 가지고 있다고 주장했다.

"너 자신을 알라."

소크라테스

소크라테스 Socrates B.C. 470~B.C. 399

고대 그리스의 철학자.

아테네에 살면서 많은 제자들을 교육시켰는데, 플라톤의 스승으로 유명하다. 그의 사상은 그 당시의 지배계급인 귀족계급을 대변하고 있었는데, 새로운 신흥계급의 출현으로 민주주의 제도에 반대하는 귀족계급이 수세에 몰렸고 민주주의 정권은 소크라테스를 귀족주의 본보기로 처형했다. 죄목은 신성모독과 청년들을 현혹한다는 것이었다.

그리스의 유물론적인 자연철학에 대하여 그는 '너 자신을 알라'라는 말을 기초로 '인간의 영혼'에 대해 깊게 생각하면서 철학의 주체를 자연에서 인간에게로 가져왔다. 그는 지식의 목적이란 삶의 온당한 방법을 깨닫는 것이라 여겼고 이로써 도덕적 행위를 고양시키고자 하였다.

공자와 마르크스

공자가 예절 밝은 선비들의 사회를 제공한다면 마르크스는 재빠른 사업가들의 세계를 투시한다. 『논어』가 명상적이고 차분한 인간사회의 비전을 비춰준다면, 『자본론』은 다이내믹하고 극성스러운 인간사회의 비전을 제공한다.

장자와 혜자

장자莊子가 혜자惠子와 더불어 호수의 징검다리 위에서
놀았다. 장자가 말하였다.

"피라미가 조용하게 나와 노니나니 이것이 물고기의 즐
거움이다."

혜자가 말하였다.

"그대가 물고기가 아닐진대 어떻게 물고기의 즐거움을
아는가?"

장자가 말하였다.

"그대는 내가 아닌데 어떻게 내가 물고기의 즐거움을 모
른다는 것을 아는가?"

혜자가 말하였다.

"내가 그대가 아닐진대 본래 그대를 모르겠거니와 그대
는 본래 물고기가 아닌지라 그대가 물고기의 즐거움을 모
른다는 것은 완전하다."

장자가 말하였다.

"청컨대 그 본래로 거슬러 올라가보자! 그대가 이르기를
네가 어떻게 물고기의 즐거움을 아는가 운운한 것은 이미
내가 그것을 안다는 것을 알고서 나에게 물은 것이다. 나
는 호수 위의 징검다리에서 알았네!"

069

철학의 종말

마르크스는 "지금까지 철학은 세계를 해석하는 데 그쳤다. 이제부터 철학이 할 일은 세계를 바꾸는 것이다."라고 경고했다.

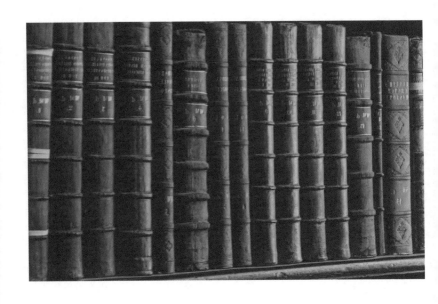

흄은 신학적 및 형이상학적 담론을 부정하면서 그러한 "책들의 내용은 궤변과 망상에 불과하니 불에 태워버려라!"라고 했다.

루소는 "철학이란 무엇인가? 가장 유명한 철학자들의 저서는 무슨 내용을 담고 있는가? 그들의 말을 들으면 사기꾼으로 보이지 않는가?"라고 물었다.

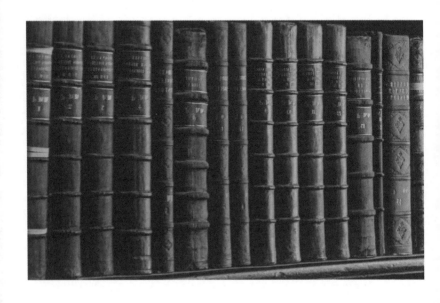

니체는 "진리란 거짓이다! 일군의 메타포에 지나지 않는다"라고 매도하며 철학의 종말을 선언했다.

가까울수록 앞이 안 보이고
어느덧 해는 서쪽에 저물어가는데

───────

indexical

to swirl = 소용돌이치다

~ prep = 가로질러서
반대로
거슬러서 / 大陸

~ight = nonsense on stilts (BenRam)
↓ 더 땅에
fiddimen = 아질하는 현기증 on stilts
dearth of expertise 엄숙

to be on a par

indent

slaugh = 쾌적가 생기다, 벗은 허물

to flout a convention = ⊘ 비웃다

chandala = (son of sudra)
person
untouchable) lowest class

※ The American people need a
serious understanding of the lessons of the
Reagan era — because ~~Many Rega~~
Reagan is not the only one this
biography indicts. It indicts a
~~social~~ culture to elect & then reelect
a puppet to the presidency, to
overlook his ~~self~~ excesses, to
idolize his idiocy, to ignore the
incontrovertible evidence of his
hypocrisy &, finally, to
reward his greed.

Kitty Kelly unwittingly raises a
question ~~that~~ her book ~~even~~ tries
answer: ~~what~~ where's the rest of

↓
from ~~Boston~~ Globe April 1991

part

4

저 푸르고 당당한

전나무처럼

070

니체의 삶

니체는 약관 25세에 극히 예의적으로 촉망 받으며 언어학 교수로 임명된다. 학자로서는 어린 나이인 27세에, 니체는 예술철학에서 이미 빼놓을 수 없는 고전으로 공인된 『비극의 탄생』을 썼다. 그러나 4년이 미처 채워지기 전, 그는 대학의 고리탑탑한 분위기를 견디지 못해 남들이 한결같이 선망하는 대학 교수의 직을 헌신짝마냥 아쉬움 없이 버리고 자유로운 방랑의 생활에 나선다. 그는 이탈리아 · 프랑스를 평생 독신으로 떠돌아다니면서 1900년, 20세기의 문턱에서 20권에 가까운 폭탄 같은 저서를 남기고 정신병에 걸린 채 56세라는 길지 않은 일생을 마친다.

도덕

인간에게 있어서 인간적 모든 가치의 가장 밑바닥에 깔려 있는 것은 지적 · 미학적 · 기술적 덕목이 아니라 도덕적 덕목이다.

"남이 나를 몰라주는 것이 걱정이 아니라 남을 모르는 것이 걱정이다[不患人之不己知, 患不知人也]"

"덕이 있는 자는 반드시 말을 잘하지만 말을 잘한다고 반드시 덕이 있는 사람은 아니다. 어진 사람은 반드시 용감하거니와 용감한 자라고 반드시 어진 사람은 아니다[有德者 必有言, 有言者 不必有德. 仁者必有勇 勇者不必有仁]"

공자, 「논어」

073

삶은 투쟁

현대의 삶은 악착스럽다. 겉으로는 세련된 것 같은 이른바 서구 선진국가의 보이지 않는 밑바닥에는 싸움의 원리가 작용해 있고, 우아한 옷을 걸치고 향수에 그윽한 이른바 귀부인들의 스커트 밑에는 '악착스러움'의 원리가 숨어 있다. 껍데기를 하나하나 벗겨 보면 삶은 그 자체가 끊임없이 계속되어야 하는 악착스러운 투쟁이다.

074

죽음 앞에 선
이반 일리치

도스토예프스키 소설 속의 이반 일리치는 죽음을 앞에 두고 두 가지 사실을 처음 의식한다.

1. 그가 여태까지 남들에게 했던 것처럼 모든 사람들, 자기의 아내까지도 진실로 자신의 고통을 동정하거나 위로해주지 않고 오직 각자의 이기적 속셈에 따라 자기를 대한다는 사실

2. 모든 인간의 생활은 진실이 아닌 허위 속에 있다는 사실.

이 깨달음은 그를 더없이 독하게 한다. 그에게 모든 것의 종말을 의미하는 죽음은 그에게 공포를 느끼게 한다.

그는 공포의 이유를 깨닫는데, 그것은 지금까지 자신의 성공적이고 행복하다고 느껴온 인생이 사실은 허위였고, 그 행복하다고 믿었던 삶을 부정할 수밖에 없는 심리적 상태가 된다. 그러나 그는 정작 자기 자신도 이기심으로만 살아왔음을 알게된다. 이미 늦었지만 그는 자기가 인생을 잘못 살아왔음을 고통스럽게 깨닫는다.

075

옳고 그름

모든 사람이 어떤 행동을 도덕적으로 옳다고 생각한다고 해서 그것으로 그 행동의 도덕성은 보장되지 않는다. 모든 사람들이 가장 보람 있는 삶이 무엇인가를 다 같이 착각하고 있을지도 모르기 때문이다. 옳고 그름은 다수에 의해서 결정되지 않는다.

076

인간의 존재양식

인간의 존재양식은 유일하다. 무기물 · 유기물 · 식물 · 동물들의 존재양식은 '그냥 그것대로 존재하고', 그것들의 작동원리는 '인과적 자연법칙'으로 설명될 수 있는 데 반해서, 인간의 존재양식은 '자율적 선택에 의한 행동'으로만 설명될 수 있다.

077

삶의 의미는 마음의 평화

인간의 삶에서 가장 중요한 가치는
자신의 삶의 '의미'를 발견하는 것이다.
삶의 '의미'는 마음의 평화를 찾았을 때 찾아진다.

마음의 평화는 잡다한 동물적 정념에 사로잡힌 노예상태에서 자유롭게 해방되었을 때 가능하고, 마음의 평화는 우주의 삼라만상과 우리 자신의 정체성과 작동원리에 대해 투명한 세계관, 철학적 혜안을 가졌을 때 가능하다

078

어떤 삶이 바람직한가

선과 악에 대한 윤리적 판단과 선택의 객관적인 기준과 해답은 존재하지 않는다. 윤리적 물음과 윤리적 행동이 고려해야 하는 변수는 무한히 많고, 모든 윤리적 문제는 절대적으로 완전히 동일하지 않기 때문이다. 윤리적 문제에는 결정적인 대답이 없으며, 각기 상황마다 절대적으로 동일할 수 없다.

때문에 '어떤 삶이 가장 바람직한가'라는 문제는 우주의 역사가 끝나는 날까지 두고두고 계속된다.

079

도깨비 세상

한밤중인데 냉장고 안의 먹던
생선 통조림에서 연어들이 튀어나오고
털 없는 새끼돼지들이 꿀꿀대고 마룻바닥으로 뛰쳐나오고
달빛이 비치는 안마당에서 춤추는 도깨비
누군가의 배꼽에서 동자들이 깔깔대고 줄지어 나오고
겨울밤 하늘 높이 별들이 쏟아져 내려와
내 유리창 문을 두드린다

정신을 차려보니

벌거벗고 명동 복판을 걷고 있는 나

산처럼 솟아 하늘로 오르는 바다, 바다처럼 출렁이는 산

바닷가 모래밭 죽은 나뭇가지에 걸친

화가 달리의 녹은 엿가락 같은 시계

베르히만의 영화 '산딸기'에 나오는

바늘 하나가 빠진 기둥시계

밤중 다락방 속에서 은 나와라 뚝딱,

금 나와라 뚝딱, 장단을 치는 도깨비 남매

어느 틈에 나는 벌써 나이를 먹어 짝짓기를 하는 도깨비

어느 틈에 나는 백발노인이 되어

죽음을 기다리는 도깨비 인생을 살고 있고

삶이 도깨비 꿈이라면, 세상은 도깨비, 깨어나지 않는 도깨비 꿈

080

열반

석조불상
돌인데
살아서
코 귀
깨어진 손

소라 같은 부처의
귀는
바다의 너그러운
미소를 듣고

깨진 코
잘라진 귀
깨진 가슴
돌인데
부처는 웃네

081

파라다이스

시의 구절처럼 신선한 저녁

혼자 거닐면
강은 강이 아니고
시간은 시간이 아니고
파라다이스

시간의 원천과 접한다
스쳐가는 한 순간

082

가랑잎

단풍나무 가랑잎들은
노란 부채를 흔들면서 여름을 보낸다
가랑잎들이 하나 또 하나
가슴의 공지에 떨어진다
알론지 크레파스 같은 가을이
아직도 파란 잔디밭에 모인다
지나간 시간이 쌓인다

여름내 모이를 찾던 새들은

자취도 없이 어디론가 사라지고

가랑잎 덮인 나무벤치 위

살찐 다람쥐 한 마리

아늑한 고요

잊었던 사색들이 다시 모여

낙엽에 물든다

마음의 언덕

찢어진 깃대
마음이 바람에 흔들린다

이마를 덮는 흰 머리카락
텅 빈 가슴은 저녁에 우는가

바람은 구름이 지나가듯
어둠처럼 흘러가고

돌아보는 눈알엔
반짝이는 별 하나

084

굴뚝 연기

사방 숲과 들은 눈에 덮여 있다
멀리 골짜기 너머 보이는
단 한 채
누군가의 지붕

소리 없이 하늘로 올라가는
굴뚝 연기
짧은 가을 해가 진다

별들의 이야기

현시대같이 난해한 낱말들
별들의 이야기는 무엇일까

반짝이는 의미를 따라
빛나는 뜻을 찾아
나는 별똥처럼 떠난다
한없이 깊은 공간으로 사라진다

그 아득한 시초의 뜻
우주의 언어의 의미를 알고자 한다
별들의 숨은 이야기를 들으려 한다

침묵의 뜻

반짝이던 별들은 어디론가 사라지고
구멍 난 하늘에서 폭우가 또다시 쏟아진다
물에 떠나간 농작물, 산사태에 묻힌 마을들

포탄으로 또다시 부서지고 불타는 건물 밑에 쓰러지고
이제 그들의 외침에 귀 기울이는 이는 아무도 없고

침묵을 깨지 않는 잔인한 세계의 잔인한 양심들
그리고 무한히 깊은 하느님의 가혹한 침묵
그 침묵들에 깊은 뜻이 있을까

삶과 죽음의 틈바퀴에서

살려 하면서 죽고 싶단다.
죽고 싶으면서 살려 한다.

죽음과 삶, 삶과 죽음 사이에 끼어
흔들리는 시간은 흘러가고

죽으려고 한다.
살려고 죽는다.

생각하다가 먹다가 울다가
웃다가 잔다.

잠이 깰 때까지
잠이 들 때까지.

우리들의 천당

카네이션 화분에 물을 주자
시들지 않도록
시들어버린다 해도
언젠가 시들어 죽을 테니까

꽃을 보내노니
숨을 걷기 전에
꽃을 몰라본다 해도
꽃은 헛되게만 아름답다
꽃은 소용없이 아름다우니까

우리들의 육체는 먼지
우리들의 삶은 꿈
우리들의 사랑은 환상
우리들의 행복은 바람

그래서
우리들의 실체는 이 먼지뿐
우리들의 꽃은 사랑뿐
우리들의 영원은 이 바람뿐
우리들의 천당은 여기뿐

고통과 슬픔에 가득 찬
여기, 지금뿐
지금 느끼는
이 느낌뿐
쓰고 단

운명의 주인

인간의 운명은 불안을 동반하는 자유를 벗어날 수 없게 꾸며져 있다. 인간의 삶은 불가능한 꿈을 실현하려는 헛된 고통에 불과하다. 그러나 한편 자신의 저주스럽기도 한 본질인 자유에 도전함으로써 인간 자신의 세계, 자신의 삶을 창조하는 긍지를 가질 수 있다. 한 사람의 운명의 주인은 오로지 그 자신이며 그의 운명은 오로지 그 자신에만 달려 있다. 한 인간의 운명은 이미 밖으로부터 결정된 것이 아니라 언제나 그 스스로에 의해서 만들어질 수밖에 없다.

우리가 살 곳

우리가 살 곳은 '저기'가 아니라 '여기'일 뿐이고, 우리가 존재할 시간은 '영원'이 아니라 '현재'다. '여기'에 믿음직한 나무뿌리처럼 우리의 뿌리를 묻고 '현재'란 비바람을 맞을 때 비로소 우리들의 삶은 봉오리를 맺고 꽃으로 정화精華될 수 있지 않은가? 우리가 '여기'를 떠나 '현재'를 벗어나려고 한다는 것은 마치 물고기가 연못을 나와 둑에서 날뛰려는 것과 마찬가지다.

비록 서리가 내리면 시들어버리고 말 꽃이지만
한 떨기의 장미꽃은 아름답고 한 줄기 난초꽃은 역시 향기롭지 않은가?

091

종교는 영혼이 하늘로 솟고자 하는 마음

종교적 갈망은 하늘로 솟고자 하는 간절한 마음이다. 비록 구체적인 내용에 있어서 서로 다르기는 하지만 기독교의 교회당, 회교의 미너렛, 불교의 사탑이 전통적으로 한결같이 뾰족하게 하늘로 높이 솟는 건축의 양식을 갖게 된 것은 우연한 사실이 아닌 성싶다.

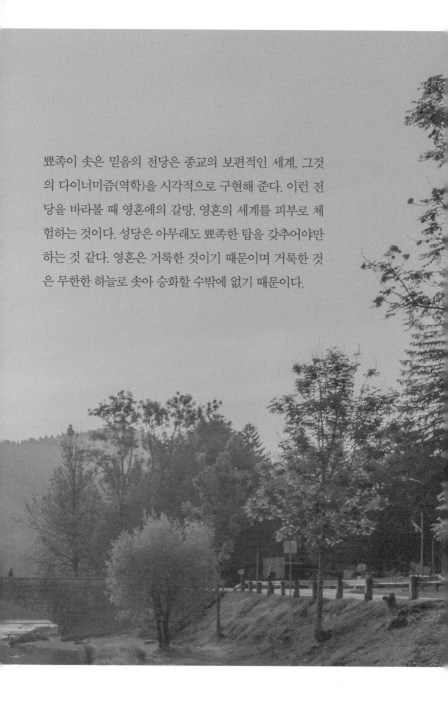

뾰족이 솟은 믿음의 전당은 종교의 보편적인 세계, 그것
의 다이너미즘(역학)을 시각적으로 구현해 준다. 이런 전
당을 바라볼 때 영혼에의 갈망, 영혼의 세계를 피부로 체
험하는 것이다. 성당은 아무래도 뾰족한 탑을 갖추어야만
하는 것 같다. 영혼은 거룩한 것이기 때문이며 거룩한 것
은 무한한 하늘로 솟아 승화할 수밖에 없기 때문이다.

저 푸르고 당당한 전나무처럼

언제고 변함없이 푸르고, 어떠한 계절의 요란스러운 변화에도 흔들리지 않고, 항상 떠들썩하고 부산스럽게 돌아가는 동네 인간사의 변동에도 불구하고, 그 중심에 딱 버티고 당당한 모습으로 우뚝 서서 마을에 중심과 질서를 잡아주는 묵은 전나무의 자신감과 지조가 한없이 믿음직하다.

하늘로 곧장 높이 뻗어 뛰어나 보이면서도 단순하지만 전체적으로 어디한 곳에서도 흩어짐 없이 잘 균형 잡힌 동네 한복판에 선 전나무의 자세는 황제와 같은 권위로 아주 당당하면서도 극히 겸손하고, 점잖으면서도 고귀한 품위를 갖추고 있다.

인간의 삶이 그 하루하루가, 아니 그 한순간 한순간이 자유와 그것이 동반하는 불안 속에서 빠져나갈 수 없음을 의식하면 할수록 나는 살아 있으면서 모든 정신적 불안으로부터 자유로운 상태에서 초연하게 존재하는 전나무 같은 인간으로 존재하고 싶다. 말없이 저기 우뚝 선 푸른 전나무 같은 인간으로 존재하고 싶다.

박이문 아포리즘 2

저녁은 강을 건너오고
시간은 얼마 남지 않았다

    – 아름다운 인연을 위하여

초판 1쇄 2016년 04월 27일
초판 2쇄 2016년 05월 17일

지은이 박이문
펴낸이 류종렬

펴낸곳 미다스북스
등록 2001년 3월 21일 제313-201-40호
주소 서울시 마포구 서교동 486 서교푸르지오 101동 209호
전화 02)322-7802~3
팩스 02)333-7804
블로그 http://blog.naver.com/midasbooks
트위터 http://twitter.com/@midas_books
이메일 midasbooks@hanmail.net

© 박이문 미다스북스 2016, Printed in Korea.

ISBN 978-89-6637-456-4(04810)
       978-89-6637-454-0(04810) 세트

값 13,200원

※파본은 본사나 구입하신 서점에서 교환해드립니다.
※이 책에 실린 모든 글과 그림과 사진은 미다스북스가 저작권자와의 계약에 따라 발행한 것이므로
  인용하시거나 참고하실 경우 반드시 본사의 허락을 받으셔야 합니다.

미다스북스 는 다음 세대에게 필요한 지혜와 교양을 생각합니다.

수평선으로 넘어가는 석양을 바라보라.
흰 물결이 부서지는 모래사장을 걸어보라.

밤에 연인을 보호하는 사랑을 해보라.
칠흑같이 어둡고 고요한 밤에.

그러나 주변에 흐르는 냉기와 백이염이 토해낸 설풍망 망이란 이름과 혈기류를 보며 느낀 종합적인 생각이었다.

'아, 진기를 저렇게 고체화시킨 후 그것을 한꺼번에 깨 뜨려 버리면 그것이 조각나서 사방에 퍼지겠구나. 그렇게 되면 그것이 설풍망망이 되겠구나. 그런데 백이염은 진기 를 검에 밀착시켜 얼리는 것까지는 이뤘는데 그것을 조각 내 발출시키는 것은 아직 성공하지 못한 것 같구나.'

그녀의 혈기류를 보며 느낀 내 감상이었다.

'만약 성공한다면 저 초식을 누가 막아낼 수 있을까? 나 라면 어떻게 막지? 진기를 얼린다는 발상 자체가 정말 대 단하구나. 과연 대종사 황두영이로구나.'

수십, 수백 개의 조각으로 날아오는 검기의 조각을 쉽게 막아낼 수 있는 무인은 그리 많지 않을 것이다.

만약 내가 설매검을 운용하는 구결을 들으면 그 해결책 을 알 수 있겠으나 구결을 알려달라고 하는 것은 어불성설 이었다.

나는 내 궁금증은 여기까지가 한계임을 알고 있었다.

끼이이잉!

나는 내 바짓가랑이를 물고 낑낑거리는 백랑을 발견했 다.

내가 방에 없자 문지방을 넘어 밖으로 나온 것이다.

이제는 문지방을 넘을 만큼 힘이 좋아진 백랑이었다.

그리고 그 바람에 백이염이 검을 내렸다.

나와 눈이 마주치는 순간, 나는 그녀의 수련을 계속 지켜보고 있었다는 사실을 깨달았다.

'아이고, 큰일 났다. 백 소저가 화를 내겠는데.'

아니나 다를까. 백이염은 나를 향해 다가왔다.

〈5권에서 계속〉